Inhalt

Sai Asai

FROM BOTTOM TO LOVER

Aus dem Japanischen von Dorothea Überall

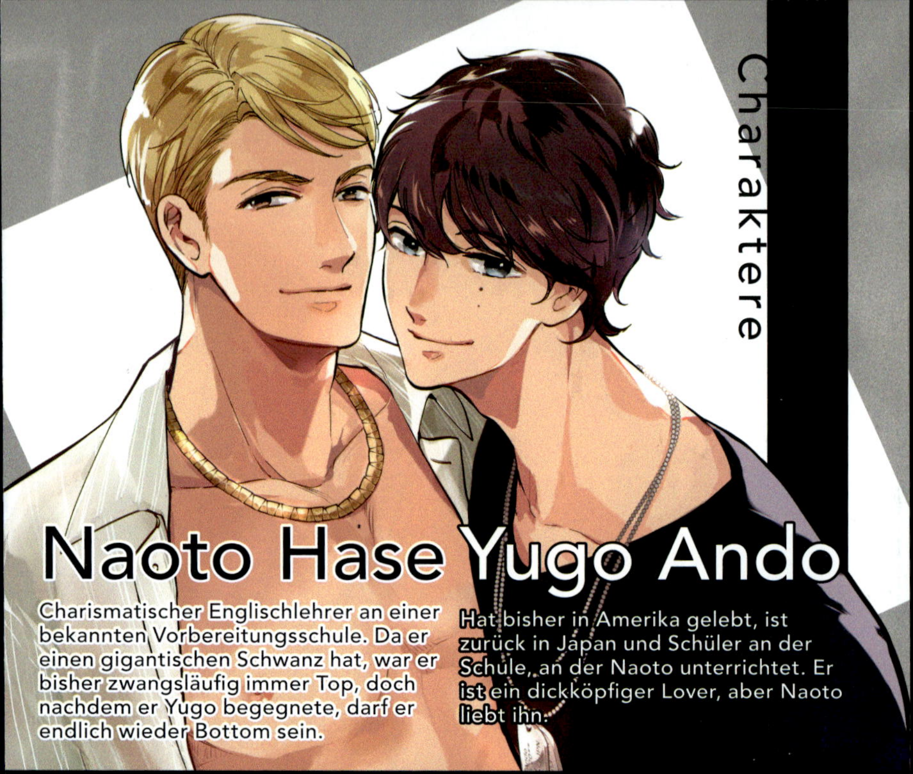

Naoto Hase

Charismatischer Englischlehrer an einer bekannten Vorbereitungsschule. Da er einen gigantischen Schwanz hat, war er bisher zwangsläufig immer Top, doch nachdem er Yugo begegnete, darf er endlich wieder Bottom sein.

Yugo Ando

Hat bisher in Amerika gelebt, ist zurück in Japan und Schüler an der Schule, an der Naoto unterrichtet. Er ist ein dickköpfiger Lover, aber Naoto liebt ihn.

Kenji

Inhaber des Gayclubs und Naotos Ex-Freund

Gina

Kenjis Liebhaber, er arbeitet in Kenjis Nachtclub.

Story

Naoto scheint der perfekte Liebhaber zu sein – er sieht unfassbar gut aus, besitzt den Körper einer griechischen Statue und ist auch untenrum bestens ausgestattet. Alles Gründe, warum er die letzten Jahre immer wieder die aktive Rolle übernommen hat. Yugo durchschaut den sehnlichsten Wunsch Naotos, endlich auch mal selbst flachgelegt zu werden...

Du kommst spät.

Mh.

AAAH

Wenn ich ihm einen blase, krieg ich ihn gar nicht ganz rein.

Naotos Schwanz ist wirklich der Hammer!

Was?

Dann stimmt es, was alle sagen – du hast wirklich einen festen Freund?

Wenn er komplett erigiert ist, reicht er ihm bis zum Bauchnabel!

Und er wird steinhart, obwohl er so riesig ist.

Hach...

SCHLUCK

Echt schade.

Ach, verdammt... Das klingt so geil...

Ich hätte mich zu gerne mal von einem überzeugten Top ficken lassen!

BADUMM BADUMM

... aber wir hätten Sie sehr gerne für ein Jahr als Cover-Model, Herr Hase.

Wir werden das Angebot noch offiziell anfragen...

Wir haben tatsächlich die Idee, Sie als das Gesicht der »Business Prime« zu etablieren.

Das Niveau der regionalen Schulen ist nach wie vor niedrig. Wenn wir den Online-Unterricht ausweiten, werden unsere Schülerzahlen weiter steigen!

Wir möchten Sie gerne als feste Größe unserer Einrichtung.

Und haufenweise gute Bewertungen!

Sie sind der Wahnsinn, Herr Hase! Die Klicks für Ihren Kanal sind schon wieder rasant nach oben gegangen!

Geht es an, jetzt oder nie!

Englisch-Examensvorbereitung mit dem charismatischen Naoto Hase.

Mit dem Studium habt ihr ein Werkzeug für's Leben an der Hand!

Das macht dich übrigens noch begehrter.

Da wünsche ich mir schon, dass du glücklich wirst!

Als dein Ex...

... empfinde ich eine gewisse Verantwortung.

Ach ja...?

Doch, echt!

Einen festen Partner zu haben macht die Verehrer nur schärfer!

Immerhin habe ich dich in diesen Kaninchenbau gezogen.

Huch!

Aber nein!

Sprichst du von dir...

... Chef?

Natürlich nicht!

Gina!

24

Hammer!

Woah!

So kann ich ihm mal zeigen, was es bedeutet, der Erwachsene zu sein.

Er ist zwar selbst flüssig durch die App, die er entwickelt hat, aber trotzdem ist er noch ein Schüler.

Herr Hase...

Es ist das Restaurant eines Fünf-sterne-Kochs.

Man kriegt nur als Mit-glied hier ei-nen Tisch und Mitglied wird man nur auf persönliche Empfehlung.

War gar nicht so einfach!

Wow!

... es tut mir furchtbar leid, aber Sie hatten erst für nächste Woche reser-viert.

* gedämpfte Teigtaschen

Bist du sicher?

Wir kriegen keinen Tisch in einem Sternerestaurant mehr, aber es gibt genügend andere Locations in der City.

Wegen mir echt nicht!

So ein mehrgängiges Menü hat schon was, aber Nikuman sind für mich fast genauso lecker!

Tja... Da muss ich dir zustimmen.

So schön warm!

HARO

Ich liebe chinesisches Fastfood!

Hab ich in Seattle auch oft gegessen!

Er ist echt das Letzte!

Und dann ist der Typ auch noch hässlich wie die Nacht!

Ich fass es nicht!

Dabei hat er gesagt, er liebt nur mich!

Er geht also doch fremd, dieser miese Zuchthengst!

Ich hab keinen Bock mehr, ich mach Schluss!

Äh... Das ist acht Jahre her...

Er ist dein Ex, tu doch was!

Naoto!

Ich geh pennen.

GÄHN

Zuchthengst

Es nimmt kein Ende...

...

#2

ZACK

Naoto hat extra für mich gelernt, wie man Pancakes macht.

Ah...

... köstlich!

Extra für dich stimmt nicht ganz.

Sag ich doch!

...

Danke für das Frühstück, ich geh jetzt in die Schule!

Darum geht es nicht. Denk mal dran, was für einen Eindruck du hinterlässt!

Mir doch egal!

Kleider machen Leute!

ZACK

He!

Deine Krawatte sitzt nicht richtig!

44

STÖHN

Herr Hase, sind Sie müde?

Ah, nein.

Entschuldigung.

Äh...

Ja.

So ernsthaft, wie Sie sich über die Zukunft Ihrer Schüler den Kopf zerbrechen...

Sie kümmern sich aber auch wirklich gut um Ihre Schüler!

Natürlich tue ich das, es ist schließlich die wichtigste Entscheidung in ihrem Leben.

46

Na, er ist dein Ex!

Das ist acht Jahre her!

Ich hab dir doch gesagt, ich geh auf keinen Fall heim, bevor Kenji sich nicht entschuldigt hat!

Chef Kenji

Was hab ich denn damit zu tun?!

Und sag ihm bloß nichts! Er muss schon selbst drauf kommen!

Weglaufen bringt jedenfalls auch nichts, ihr müsst euch aussprechen!

STARR

?

Vergiss es, aber so was von!

Hört sich das gut an?

SEUFZ

Ich will ficken...

Obwohl es ja...

Was er sich für Gedanken um seine Schüler macht, er ist wirklich mit Leib und Seele Lehrer!

... nicht nötig wäre, die Vögelei auf zu Hause zu beschränken.

Aber kann ich einfach mit ihm in ein Hotel gehen...?

Damit würde ich ihn ja explizit bitten, mich zu ficken.

Feier-abend, Naoto!

Heute will ich von dir gefickt werden...

Nichts da!

Naoto, bist du heute Abend frei?

So hat sich das immer wiederholt, ein One-Night-Stand nach dem anderen.

Es war nie nötig, dass ich die Initiative ergreife.

Ich...

... habe seit
acht Jahren
zum ersten
Mal einen
festen Lieb-
haber...

... und bin
echt aus der
Übung.

Nachdem
mein erster
richtiger
Partner...

... mich
so häufig
betrogen
hat, habe
ich dasselbe
gemacht...

... und hatte
lange Zeit
immer nur
mit wech-
selnden
Partnern
Sex.

Dabei
habe ich...

... in Wirk-
lichkeit nach
Liebe gesucht.

Und diesmal
habe ich sie
gefunden.

... und sich nach Liebe sehnen...

Ja...

Hier.

Mach dir keinen Kopf, Kohle hab ich genug.

Womit verdienst du denn Geld, wenn du die ganze Zeit hier bist?

Für Kost und Logis, mein Anteil an den Nebenkosten und für den Wein.

Das musst du nicht.

Oh, du kommst aus reichem Haus.

Mein Onkel besitzt Immobilien in Akazaka und auf dem Papier bin ich der Vorsitzende der Hausverwaltung...

... und bekomme monatlich ein Gehalt.

Bevor ich in Kenjis Club angefangen hab, war ich ein gefragter Designer für westliche Mode.

Und auch wenn man es mir nicht ansieht, ich bin im Vorstand eines Unternehmens!

Verstehe...

Aber hey!

Sag lieber mal...

Tja, ja.

Offiziell weiß niemand davon, aber mein Onkel ist auch schwul.

Und er hatte immer Sorge, dass ich ansonsten keinen Fuß im richtigen Leben fasse.

FWUPP
... bist du auch wirklich lieb zu Yugo?
Lieb...?
Na, dein Benehmen!
Wie du mit ihm redest!
Dieses »He!« und so!
Ich hab es live mitbekommen, er ist doch kein Kind mehr!
Dagegen behandelst du mich so zuvorkommend, obwohl ich nur ein random Typ in deinem Leben bin!
Wenn du ihn liebst...
... dann sprich ihn auch mit seinem Vornamen an!
Und zeig ihm deine Gefühle offener!

Ich liebe aber doch nur dich, Gina!
Was ist bei dir mit der Schule?
Morgen hab ich erst nachmittags Kurse.
Hab genug Tage zusammen, das geht schon!
Sicher?
Juhu!
Dann steht uns ja nichts mehr im Wege!
Ich werde die ganze Nacht in dir stecken!
Ganz sicher!
Wer hätte gedacht...
... dass eines Tages der Moment kommen würde, in dem ich gar nichts empfinde, wenn Kenji...
... zu einem anderen Mann sagt, dass er ihn liebt.
Na gut, ich komm nach Hause!
Danke!

HAH

Ich bin so froh!

Der Club war so voll und ich nur noch im Stress!

Alleine schaff ich das echt nicht!

Ich geh pennen.

Das kann dauern.

Ich liebe dich nur so sehr, da will ich eben auch bei der Arbeit mit dir zusammen sein!

Mann, echt!

Was?!

Es geht dir gar nicht um mich, du brauchst mich nur als Angestellten?! Ich lass mich doch nicht verarschen!

GRMPF

Ich glaub dir kein Wort! Mann, echt, jetzt kann ich dir erst recht nicht verzeihen!

Nein, so ist das nicht, Gina!

Ihr verschwindet jetzt hier, aber zackig!

Ach?!

Ich will Sex...

WAH WAH WAH

FROM BOTTOM
TO LOVER

FROM BOTTOM TO LOVER

#3

Sorry, Gina...

Lass mich einen Gast begrüßen, ja?

Was?

Bin gleich zurück! Ich liebe dich!

Oh, Dai, aber wirklich!

Ah, Chef, lange nicht gesehen!

Hey, Dai, alles gut bei dir? Bist du auch nicht mit einem anderen Club fremdgegangen?

Ah...

... du bist auch wieder da, Naoto?

Lass mich raten, du hast es ihm nicht gesagt?

Entschuldige...

Seufz doch nicht, wenn ich dich anlächle!

Ich kann nicht.

Unfassbar, du bist so begehrt und hast massig Erfahrung, aber wenn es um die Liebe geht, benimmst du dich wie ein Schuljunge!

Na ja, also...

»Ich liebe dich«, zu Yugo.

Mit Weglaufen wirst du nicht durchkommen!

Wusste ich's doch, hast du nicht!

Als hättest du ihn nach der Eroberung schon wieder vergessen und lässt ihn verhungern, ohne es selbst zu merken.

Du bist wie jemand, der einen Fisch an der Angel hat, ihn dann aber links liegen lässt, Naoto.

... tu ich doch gar nicht...

Weglaufen... Das...

Bin ich froh, dass wir kein Paar sind!

Weil er dein erster echter Liebhaber seit acht Jahren ist...

Aber er ist etwas Besonderes, stimmt's?

... der erste, der nicht nur ein One-Night-Stand bleibt.

DONK

Hier.

Das ist es, was der Naoto, der du jetzt bist, am meisten braucht.

Geht aufs Haus.

Als Dank für alles.

Ich hab das nicht bestellt...

Ein einfacher gerührter Cocktail auf Wodka-Basis.

Ein Blue Lagoon.

In der Sprache der Cocktails bedeutet er...

Der Naoto...

... der ich jetzt bin?

... »reine Liebe«.

Wow!

Hammer, dieser Ausblick bei Nacht!

Das letzte Mal hat es ja wegen meines Fehlers nicht geklappt.

Also dachte ich, das muss ich wiedergut-machen.

Ha-ha!

Man sieht bis zum Hafen!

Das Meer bei Nacht...

Das war die Revanche für die Nikuman!

HA HA

Ja, die waren auch echt lecker!

... wie es das Licht reflektiert...

...

Yu...

*... und
glitzert...*

...

... go...

...
Was ist los, Naoto?
Du benimmst dich heute echt seltsam!
Und du bist ganz rot geworden!

So ungeschickt, wie ich mit meinen wahren Gefühlen bin...

Dieser Satz, den ich nicht sagen konnte, klingt wie aus einem Kino-film...

... warum nur...

... bin ich so ein Waschlap-pen...

... wenn es um...

... die Liebe geht...

Ja...

... das weiß ich, auch ohne, dass du es sagst...

... Naoto!

Aber...

Ach ja, mein Bruder hat mir mal ganz stolz ein Foto gezeigt, er hat ihn am Flughafen gesehen.

Das ist doch der Typ, mit dem er da gerade unterwegs ist?!

Ich schick es euch mal!

Teilen

#4

FROM BOTTOM TO LOVER

Na, aufgewacht?

Ich mach gerade Toast.

Mh...

GÄHN

Mit ganz viel Käse. Und Rillette.

Das mit Hähnchenleber ist lecker.

HI HI

Wie ein Kind.

Du musst immer die ganze Zeit reingucken, bis es fertig ist.

Ich bin ein Kind!

WUING

MMH

Hab ich dir doch schon gegeben!

... krieg ich einen Guten-Morgen-Kuss?

Hey, Naoto...

Es tut uns wirklich leid.

Die gewählte Nummer ist momentan nicht erreichbar.

Die gewählte Nummer…

Yugo Ando

Alles okay?

Meld dich bitte

110

Wenn ich meine Position und sein Alter bedenke...

... hätte ich viel vorsichtiger sein müssen.

KICHER

So kann es gehen.

Der Erfolg kommt schnell und geht noch schneller wieder.

Tja, ge-schieht mir nur recht.

Ich hab mich wohl überschätzt und gedacht, als jemand, der es mit unzähligen Männern getrieben hat...

... kriege ich auch das hin.

Vielleicht war es nur der Wunsch nach alten Zeiten...

Nein...

FROM BOTTOM TO LOVER

FROM BOTTOM TO LOVER

#5

Follower etwas mehr als 10.000 und Glückwunsch-kommentare an uns über 500!

Ist ja ...

... nicht so übel!

Damit die Bearbeitung des Dokuments nicht auffällt, habe ich nur das Datum geändert.

Marriage Certificate
18. Apr. 2021
Yoya Ando
Sousu Hase

Und du meinst, es fliegt nicht auf, dass wir behauptet haben, unsere Hochzeit letzte Woche wäre schon vor einem halben Jahr gewesen?

Nein...

... das klappt!

Die Daten, die in Amerika gespeichert sind, könnten es zwar zutage bringen, aber da kommt niemand ran.

Um das rauszubekom-men, bräuchte es schon Aufwand und entspre-chend Geld.

Solange sie Profit mit dir machen, lassen solche Leute dich nicht fallen!

Dadurch sind sie leicht zu lenken!

Ach komm...

... diesen Leuten hast du es immerhin zu verdanken, dass du so groß rausgekommen bist!

Ja, na ja...

Auch von mir noch Glückwunsch zur Hochzeit!

Klingt vielleicht komisch, wenn es von mir kommt...

... aber werdet miteinander glücklich!

Danke.

Lass uns heiraten!

FROM BOTTOM TO LOVER

FROM BOTTOM TO LOVER

Naoto geht nicht ran!

Bonus

Sie trinken ja schon?

Ist Herr Hase noch nicht da?

Könnte ausnahmsweise kein Scherz sein.

...

Es ist längst Zeit!

Die treiben es doch nicht etwa auf dem Zimmer?

Happy end.

Nachwort

Verheiratet.
Wie ihr seht, habe ich also die Fortsetzung gezeichnet.
Naoto und Yugo
Das habe ich eurer Unterstützung für Band 1 zu verdanken!
Vielen Dank!
Der Titel
»From Bottom to Lover«...
... hat sich daraus ergeben, dass Naoto jetzt Bottom und Yugo nun sein Liebespartner ist, hat genau gepasst und war schnell entschieden.
Übrigens ...
Das Hochzeitsgeschenk war...
... eine Nacktschürze!
Irgendwann will ich ihn so zeichnen!
Ich hoffe, die beiden werden für immer glücklich miteinander!
Vielen Dank!
Sai Asai

Thanks
Redaktion H. R. M.

FROM BOTTOM
TO LOVER

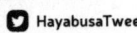

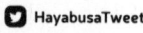

ROU NISHIMOTO

Two sides of the same coin

ZWEI SEELEN, EIN SCHMERZ...

Archäologiestudent Yuji lernt den Boxer Kou kennen und sie beginnen eine heiße Affäre. Beide haben ein Scheißleben und mit Kindheitstraumata und allerlei psychischem und finanziellem Druck zu kämpfen. Es entwickelt sich eine Liebe, wie sie beide noch nie zuvor kannten – eine Liebe wie eine rettende Insel in einem Meer voller Abgründe. Mitten in diese Hoffnung stößt wie ein kalter Dolch eine unfassbare Nachricht, die alles zu zerstören droht...

two sides of the same coin

1

ROU NISHIMOTO

HAYABUSA

TWO SIDES OF THE SAME COIN by Rou Nishimoto © 2020 Rou Nishimoto / FRANCE SHON Inc.

vorläufiges Cover

BAND 1 MIT EDLER SNS-CARD – nur in der Erstauflage!

Boys Love · ab 18 Jahren
Softcover · sw/vierfarbig
ca. 178 Seiten · 14,5 x 21 cm

HAYABUSA
www.hayabusa-manga.de

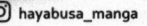 hayabusa_manga 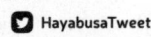 HayabusaTweets

EVY

RACHE IST NICHT WIRKLICH SÜSS...

Je-oh arbeitet als Prostituierter. Eines Tages wird er zusammen mit seinem skrupellosen Zuhälter von einem geheimnisvollen Typen entführt. Er setzt alles ein, um irgendwie aus seinem Gefängnis zu fliehen — er versucht sogar, seinen Peiniger zu verführen. Doch dieser lässt sich nicht so einfach täuschen. Trotzdem schafft er es, dass sich Seong-rok etwas öffnet und Licht in die ganze Sache kommt.

Ein düsteres Psycho-Drama voller Intrigen, Rachegelüsten und heftigem Sex nimmt seinen Lauf...

Boys Love • ab 18 Jahren
Paperback • farbig
ca. 224 Seiten • 14,5 x 21 cm

HAYABUSA
www.hayabusa-manga.de

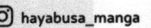 hayabusa_manga 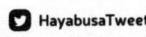 HayabusaTweets

MIDNIGHT Sex
BEI HAYABUSA

Midnight Delivery Sex *von Neneko Narazaki*

Als begehrtester Host seines Clubs kann sich Masafumi über Frau-
enmangel nicht beklagen, hat jedoch immer weniger Spaß an den
vielen Bettgeschichten. Ein befreundeter Barkeeper bestellt für ihn
den Nummer 1 Callboy Ryo. Masafumi, der dachte, schon alles er-
lebt zu haben, lernt eine ganz neue Art von Lust kennen...

Midnight Clubbing Sex *von Neneko Narazaki*

Shota ist neu im Host-Business und rückt dank seines guten Aus-
sehens schnell in die Top 10 des Clubs auf. Doch er hat ein peinliches
Geheimnis: Er kommt viel zu schnell! Eines Abends trifft er auf den
Chef eines Callboy-Businesses, der ihm verspricht, ihm ein paar
Techniken zu zeigen, um seinen Höhepunkt weiter hinauszuzögern...

Midnight Secret Sex *von Neneko Narazaki*

Der begehrte Host Masafumi unterhält eine leidenschaftliche sexu-
elle Beziehung zu dem hochrangigen Callboy Ryo. Dieser gesteht
ihm sogar seine Liebe, doch Masafumi weiß nicht, wie er reagieren
soll. Und dann ist da noch der aufstrebende Star am Host-Himmel
Kotetsu, der früher Ryos Kunde war und sich ihm gefährlich nähert...

Midnight Jealousy Sex *von Neneko Narazaki*

Masafumi und Ryo leben glücklich als Paar zusammen. Ryo hat
seinen Job als Callboy aufgegeben und arbeitet nun an der Uni. Als
Masafumi ihn dort abholt, wird Ryos Vorgesetzer auf ihn aufmerk-
sam. Er hatte schon früher ein Auge auf den Host geworfen, und
jetzt ist sein Jagdinstinkt geweckt...

ΩOMEGAVERSE
BEI HAYABUSA

Amaenbo Honey *von Kevin Tobidase*

Tsubame und Miyama sind Omega und Alpha – und trotzdem beste Freunde. Ständig messen sie sich in allen möglichen Diszip- linen. Tsubame hat natürlich nie eine Chance gegen den stärkeren Alpha. Als einer ihrer Kämpfe dann zu hitzig wird und außer Kon- trolle gerät, wird ihre Freundschaft auf eine harte Probe gestellt...

Megumi & Tsugumi – Alphatier vs. Hitzkopf
von Mitsuru Si

Tsugumi, ein Omega, hasst alle Alphas. Er glaubt, dass sie Omegas unterdrücken und ausnutzen. Deshalb verpasst er ihnen Abreibun- gen, wo er nur kann. Bei einer solchen steht er dem Alpha Megumi gegenüber – doch dieser ist ganz anders als die anderen Alphas...

Your Love is Mine *von Honoji Tokita*

Judoka Mochizuki und Karate-Kämpfer Ishio sind wie Hund und Katze. Streitigkeiten um die Nutzung der Sporthalle sind an der Tagesordnung. Doch finden die beiden sich trotz aller Rivalitäten voneinander angezogen...

He is my Destiny *von Hansode*

Obwohl Izumi ein Beta ist, scheint er bei Alphas sehr beliebt und verkehrt in deren Kreisen. An einem Abend mit Freunden im Club geht es ihm plötzlich nicht gut. Clubchef Hanazono kümmert sich um ihn. Sein Duft zieht Izumi sofort in seinen Bann und er kann sich vor erotischen Fantasien kaum noch retten...

FROM BOTTOM TO LOVER

»From Bottom to Lover« ist ein japanischer Manga, der originalgetreu von »hinten« nach »vorne« und von rechts nach links gelesen wird! Schlagt das Buch also »hinten« auf und blättert Seite für Seite nach »vorne« weiter! Auch die Bilder und Sprechblasen werden von rechts oben nach links unten gelesen, wie es in der Grafik gezeigt wird! HAYABUSA wünscht gute Unterhaltung!

HAYABUSA
2023 Carlsen Verlag GmbH · Völckersstraße 14-20 · 22765 Hamburg
Aus dem Japanischen von Dorothea Überall
I FALL IN LOVE WITH YOU FOR THE FIRST TIME IN 8 YEARS
© SAI ASAI 2021
Originally published in Japan in 2021 by Kaiohsha Publishing Co.,Ltd.
German translation rights arranged with Kaiohsha Publishing Co.,Ltd.
through Tuttle-Mori Agency, Inc., Tokyo.
Covergestaltung: Peter Mrozek
Redaktion: Marisa Gregoric
Herstellung: Lena Voigt
Alle deutschen Rechte vorbehalten
Wir behalten uns die Nutzung unserer Inhalte für Text und
Data Mining im Sinne von § 44b UrhG ausdrücklich vor.
ISBN: 978-3-551-62376-8

LOVE, FALCON
www.hayabusa-manga.de
www.carlsen.de
hayabusa_manga
HayabusaTweets

MIX
Papier | Fördert
gute Waldnutzung
FSC® C083411

Wir produzieren nachhaltig
- Klimaneutrales Produkt
- Papiere aus nachhaltigen und kontrollierten Quellen
- Hergestellt in Europa